INHALT

DIE ULTIMATIVEN

4 — **ÜBERMENSCHEN**
Super Human
Ultimates 1
März 2002

31 — **GROSS**
Big
Ultimates 2
April 2002

56 — **HELDEN DES 21. JAHRHUNDERTS**
21st Century Boys
Ultimates 3
Mai 2002

80 — **DONNER**
Thunder
Ultimates 4
Juni 2002

103 — **HULK IN MANHATTAN**
Hulk Does Manhattan
Ultimates 5
Juli 2002

129 — **GIANT-MAN GEGEN DIE WASP**
Giant-Man vs. The Wasp
Ultimates 6
August 2002

MARK MILLAR
Autor

BRYAN HITCH
Zeichner

ANDREW CURRIE
Tusche

PAUL MOUNTS
Farben

RAMONE
Lettering

REINHARD SCHWEIZER
Übersetzer

C. B. CEBULSKI
BRIAN SMITH
RALPH MACCHIO
JOE QUESADA
Redaktion USA

DIE ULTIMATIVEN: ÜBERMENSCHLICH erscheint bei **PANINI COMICS**, Ravensstraße 48, D-41334 Nettetal-Kaldenkirchen. Marvel Comics werden unter Lizenz in Deutschland von PANINI Verlags-GmbH veröffentlicht. Druck: Novastampa - Verona. Pressevertrieb für Deutschland, Österreich und Schweiz: Stella Distribution GmbH, D-20097 Hamburg. Direktvertrieb für Deutschland: Panini Verlags-GmbH, Rotebühlstr. 87, D-70178 Stuttgart - Auslieferung über Rübartsch & Reiners GmbH & Co. OHG, D-41199 Mönchengladbach. Direkt-Abos auf **www.paninicomics.de** Anzeigenverkauf: Comix Connexion, **Lars Jähnig**, Tel. 0941/5840572, Fax: 0941/5841817. Geschäftsführer **Frank Zomerdijk**, Publishing Director Europe **Marco M. Lupoi**, Editorial Director **Tony Verdini**, Redaktion **Christian Grass**, **Steve Kups**, **Luigi Mutti**, **Pia Oddo**, **Lisa Pancaldi**, Finanzen & Beratung **Axel Drews**, Marketing Director **Max Müller**, Marketing **Thorsten Kleinheinz**, Vertrieb **Alexander Bubenheimer**, Logistik **Ilja Jennes**, Lektor **ENZA**, Übersetzer **Reinhard Schweizer**, graphische Gestaltung **Rudy Remitti**, **Nicola Spano**, Art Director **Mario Corticelli**, Redaktion Panini Comics **Annie Dauphin**, **Beatrice Doti**, **Marco Ricompensa**, Produktion Panini Comics **Francesca Aiello**, **Andrea Bisi**, **Alessandra Gozzi**, **Lorenzo Raggioli**, **Lorena Rubbiani**. Copyright: © 2002 Marvel Characters, Inc. Zur deutschen Ausgabe: © 2006 PANINI Verlags-GmbH. The characters included in this issue (The Ultimates) and the distinctive likenesses thereof are properties of Marvel Characters, Inc. and this publication is under license from Marvel Characters, Inc. Cover von **Bryan Hitch**, *The Ultimates* 1.

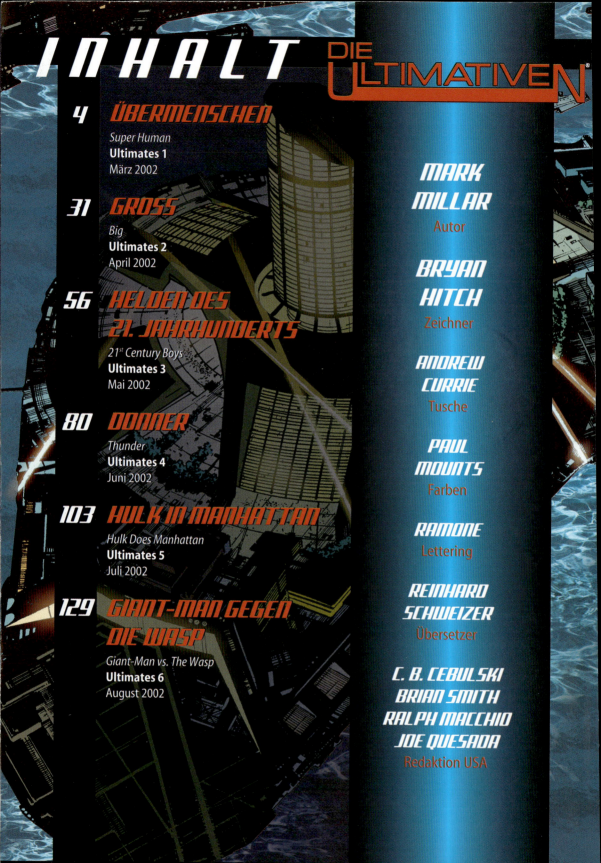

Die mächtigsten Helden der Erde

von Joss Whedon

Wer könnte je das letzte Panel aus der allerersten US-Ausgabe der Rächer vergessen, in welchem Iron Man, Thor, Hulk, Ant-Man und Wasp sich an die Leser wenden? Wer dachte damals nicht: "Also echt, was soll diese Typen zusammenhalten? Was kann dieses Team ohne den Hulk anfangen? Und was ist mit Wasp? Ist sie wirklich gut genug für die Mächtigsten Helden der Erde? Das kann doch niemals funktionieren!"

Doch das tat es und sogar ziemlich gut. Die Rächer überstanden eine unglaubliche Anzahl von Veränderungen in ihrer Zusammensetzung, und selbst eine Westküsten-Zweigstelle focht kosmische Kämpfe und erlebte epische Abenteuer. Die RÄCHER hatten als Serie Bestand, weil sie über das Leben der einzelnen Charaktere hinausging, selbst bei denen, die ihre eigene Reihe hatten. Das Team war mehr als die Summe seiner Bestandteile, was genau die richtige Definition eines funktionierenden Teams ist.

Und dann kamen die ULTIMATIVEN. Marvel warf durch dieses Label einen frischen Blick auf sein Universum, und die Rächer wurden erneut erschaffen, aber anders, dank des Talents von Mark Millar und Bryan Hitch. Beide Künstler hatten bereits Erfahrungen mit der Serie *The Authority* gesammelt, was sie zu dem perfekten Team machte, um ein neues Konzept der Mächtigsten Helden der Erde an den Start zu bringen. Nach all diesen Jahren stellte sich die Frage – im hyperrealistischen Ultimativen Universum mehr denn je zuvor: "Was hält diese Typen zusammen?" Es änderte sich eine ganze Menge. Der Hulk wurde zu einem Attentäter, Thor zu einem Hippie... Manche Charaktere veränderten sogar ein wenig ihre Gesinnung, aber Tony Stark blieb ein Alkoholiker. Das wird sich wohl niemals ändern. Und immer noch beschloß jemand, sie zu vereinen, um die Welt zu retten. Aber das kann doch niemals funktionieren. Ihr versteht, was ich meine, oder?

Aber es funktioniert, denn Mark Millar entweiht den Grundgedanken der Helden, gerade genug, damit wir uns wirklich um sie sorgen, wenn sie in den Kampf ziehen, um die Welt zu retten, und um erleichtert zu sein, wenn sie es schaffen. Seine Schreibe ist humorvoll, beißend, und unglaublich menschlich. Er präsentiert uns sehr detaillierte Charaktere, über deren Siege wir jubeln, weil uns bewußt ist, daß sie - wie wir - ihre Schwächen haben. Sie sind keine monolithischen Helden. Ihre Kämpfe sind beeindruckend, und ihre Dialoge manchmal witzig, sarkastisch und absolut realistisch.

Es funktioniert, wenn Bryan Hitch einen Mann zeichnet, der so groß wie ein Haus ist und durch Manhattan spaziert, und es ist, als wären wir live dabei. Wir können es spüren. Genau wie wir die Macht des Donnergottes spüren, den zerstörerischen Wahnsinn des Hulk, und alles, was geschieht, von den epischen Kämpfen bis zu den intimsten Gefühlsregungen. Hitch ist einer der besten Zeichner, die es gibt, und er ergänzt sich perfekt mit Millar. Zusammen geben sie uns eine Antwort auf jene berühmte Frage, die nach all diesen Jahrzehnten immer noch gestellt wird.

Was diese Leute zusammenhält, ist eine Welt, die gerettet werden muß. Und dieses Amalgam, bestehend aus übel zusammengestellten lebenden Legenden, ist das einzige Team, das dazu in der Lage ist.

Und das Rezept funktioniert. Genau wie das Team ist die Serie mehr als nur die Summe ihrer Bestandteile. Mehr als eine gute Phase, es ist ein außergewöhnliches Erlebnis dank der perfekten Mischung aus einem guten Autor, einem guten Zeichner und guten Figuren. Dies ist nicht nur etwas Unterhaltsames, sondern etwas Unentbehrliches. Und solange die Mächtigsten Helden der Erde zusammenhalten, wird diese Welt ein sicherer Ort sein.

Joss Whedon - Juli 2004

DIE ULTIMATIVEN

ÜBER DEM NORDATLANTIK, 1945.

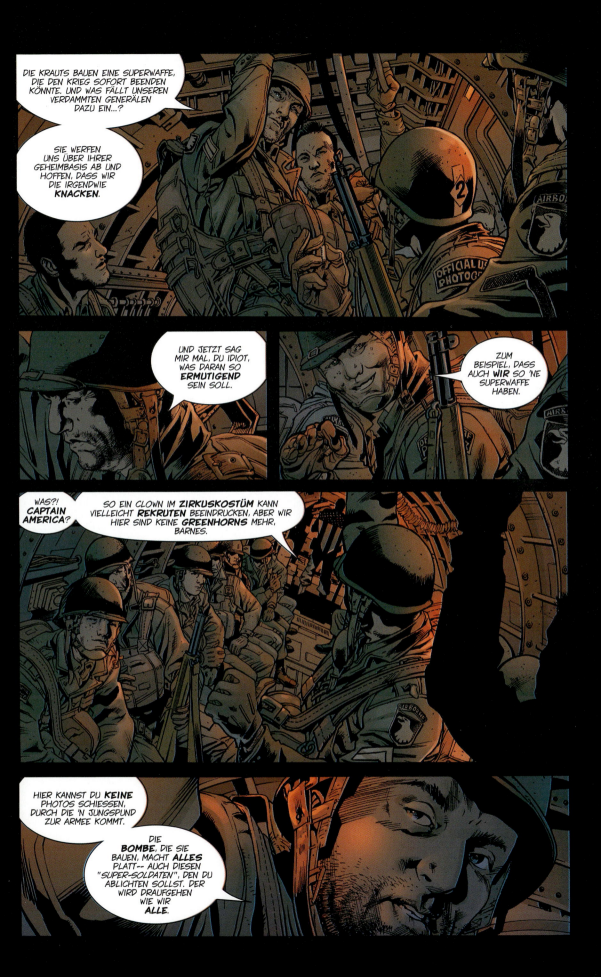

Island, 06:00 Uhr

Stan Lee
präsentiert

DIE ULTIMATIVEN

GROSS

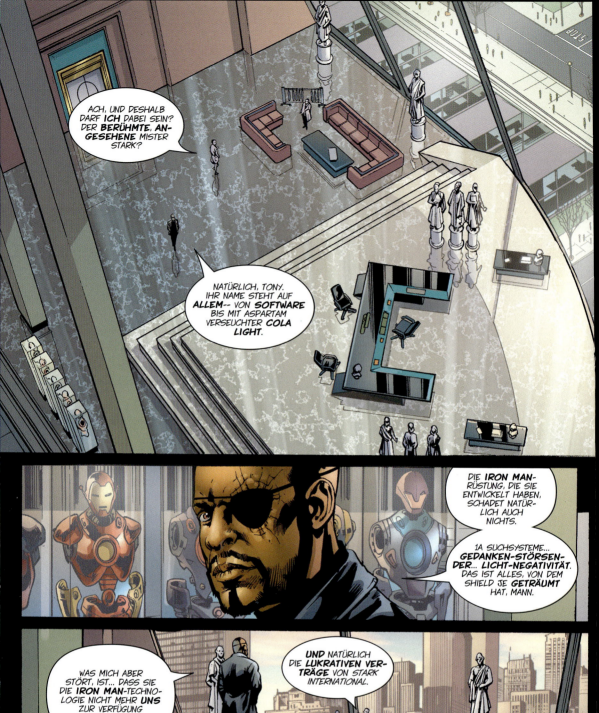

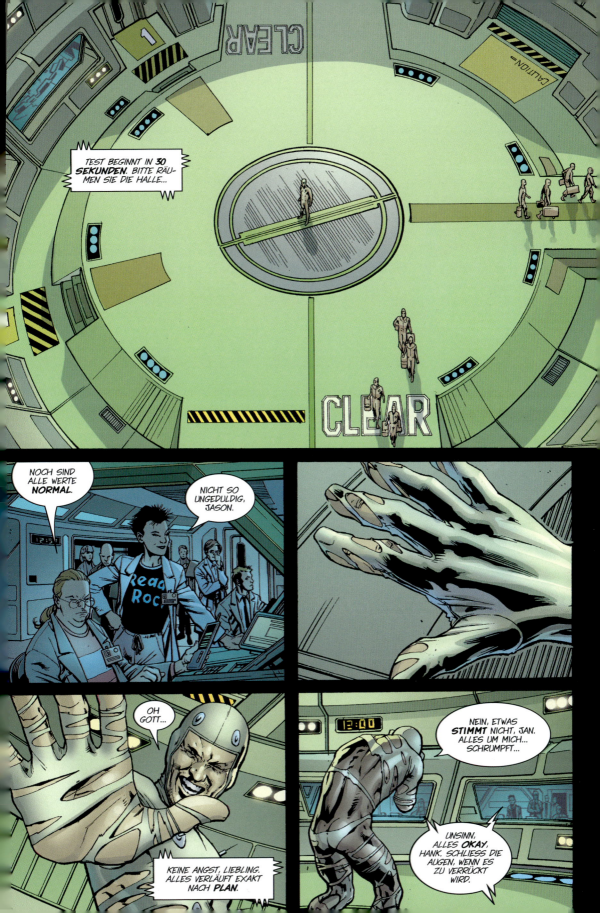

Stan Lee
präsentiert

DIE ULTIMATIVEN

HELDEN DES 21. JAHRHUNDERTS

OKAY. ICH HABE GEFRAGT, OB IHRE TÄTIGKEIT ALS LEITER VON STARK INTERNATIONAL NICHT IN KONFLIKT GERÄT MIT IHREN PFLICHTEN ALS **IRON MAN** BEI DEN **ULTIMATIVEN**. ABER ICH DENKE, TONY, SIE HABEN MEINE FRAGE BEREITS BEANTWORTET.

NUR EINEN MONAT NACH DEM OFFIZIELLEN **START** DES TEAMS FEHLEN SIE ZWEI WOCHEN, WEIL SIE EINEN AUSFLUG MIT DEM **SPACE SHUTTLE** UNTERNEHMEN.

MOMENT. DIESES SHUTTLE MUSSTE ICH VOR EINER **EWIGKEIT** BUCHEN. UND AUCH WENN DIE ZEITUNGEN GERNE ETWAS ANDERES SCHREIBEN-- ICH ENTTÄUSCHE NICHT GERNE **SCHÖNE SCHAUSPIELERINNEN**.

AUSSERDEM HABE ICH EINEN 18-STUNDEN-TAG, SEIT ICH **ZEHN** WAR UND BIN HÖLLISCH GELANGWEILT, WENN ICH NICHT FÜNFZEHN DINGE **GLEICHZEITIG** TUN KANN.

ABER DENKEN SIE NICHT, DASS SIE HIER **UNTEN** GEBRAUCHT WERDEN, TONY? DAS ENORME **BUDGET**, DAS DEN ULTIMATIVEN ZUGETEILT WIRD, ERZEUGT ZIEMLICHE SPANNUNGEN MIT DEM **MILITÄR**.

WIE **RECHTFERTIGEN** SIE EIN HAUPTQUARTIER FÜR 50 MILLIARDEN DOLLAR, WENN ES IN UNSERER GESCHICHTE BISLANG NUR **EINEN** GRÖSSEREN ANGRIFF EINES SUPERSCHURKEN GAB?

WAS, WENN ES **WEITERE** ZEHN JAHRE DAUERT, BIS WIEDER SO JEMAND WIE MAGNETO DAHERKOMMT? ODER WAS, WENN SO ETWAS **NIE WIEDER** GESCHIEHT?

Norwegen.

Stan Lee präsentiert

DIE ULTIMATIVEN

HULK IN MANHATTAN

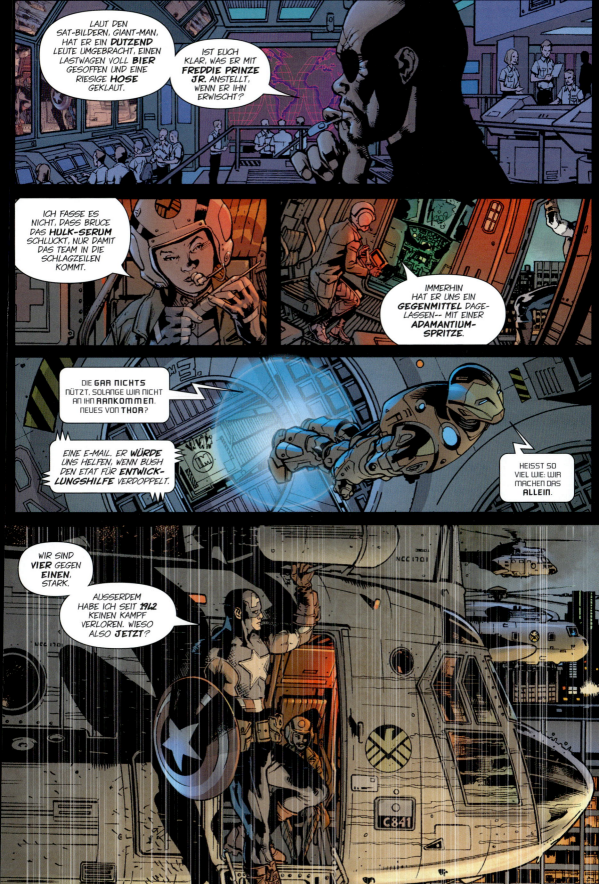

Stan Lee
präsentiert

DIE ULTIMATIVEN

GIANT-MAN GEGEN DIE WASP

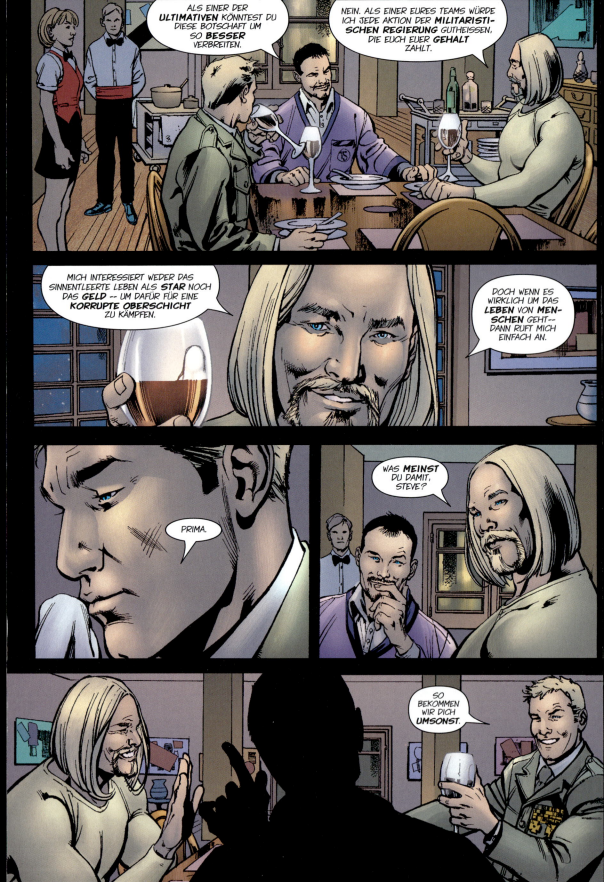

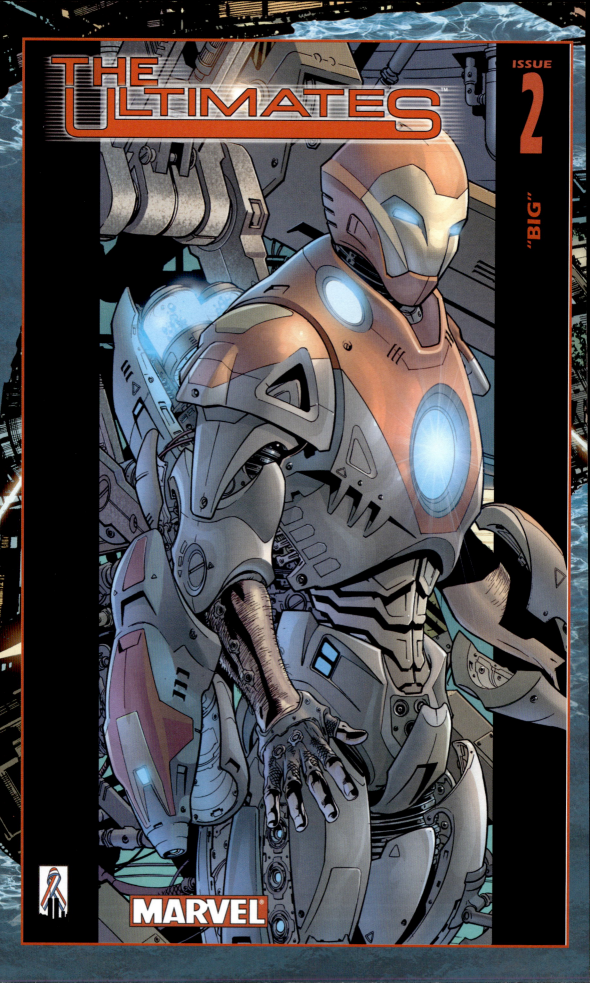

THE ULTIMATES

ISSUE 4

THUNDER

MARVEL